第 35 届
青春诗会诗丛
《诗刊》社 / 编

活着若无不妥

胡飞白 著

南方出版社
海 口

图书在版编目（CIP）数据

活着若无不妥 / 胡飞白著 . -- 海口：南方出版社，
2019.8（2019.10 重印）
（第 35 届青春诗会诗丛）
ISBN 978-7-5501-5574-9

Ⅰ . ①活… Ⅱ . ①胡… Ⅲ . ①诗集 - 中国 - 当代
Ⅳ . ① I227

中国版本图书馆 CIP 数据核字 (2019) 第 157166 号

活着若无不妥

胡飞白　著

责任编辑：高　皓
特约编辑：蓝　野
装帧设计：史家昌

出版发行：南方出版社
地　　址：海南省海口市和平大道 70 号
邮　　编：570208
电　　话：0898-66160822
传　　真：0898-66160830
经　　销：全国新华书店
印　　刷：阳谷毕升印务有限公司
版　　次：2019 年 8 月第 1 版
印　　次：2019 年 10 月第 2 次印刷
开　　本：787mm×1092mm　1/32
印　　张：5
字　　数：128 千字
定　　价：40.00 元

目录
CONTENTS

辑三　即便悼词还有另一种形式

辑四　他不得不困守于人间病灶

辑一　大塘河眼里闪过枯瘦和隐没

等这夜雨招摇而来

——兼致 HH

过了庆丰桥之后就算是
到了另一个维度。高大，空廓
呼吸潮声起伏，幽暗里踱着步

昨夜，我们穿过对五光十色车流的恐惧
穿过三十多年来怀揣对人群顽固的恐惧
擎着面具和袈裟——
突破夜雨垂下的厚厚帷幕
再次望向你们
可即使风沙袭城
也无法掩埋我们湿漉漉的心
和石缝里顽强冒出的草尖

慨然地笑着埋下生活的
窘迫，也等着下一块重铁
砸来的动魄惊心。已习惯于恐惧
就这么招摇而过，举杯互相致意

有些事物已断然被遗弃
有些欢愉需要重新建立
纵然雨过天晴
也还是凝神屏息，向着夜露躬身致礼

达蓬山·采苓阁小夜曲

我们开始无休止地促膝谈心
像一堆盛夏的果实

夜色轻浮。没过所有已知和未知
连同这采苓阁和采薇阁

我们都倒伏在时光的鱼脊上
低声细语，此刻正缺月挂疏桐

"欢乐终究属于皮囊"——
而世间已无当年的薄愁

山，倏忽自夜凉的湖底升起
燕雀眠去。所有深刻的活法
再也不会来惊扰到自己

天台诗章

叶从金地下，云向玉京飞。

——夏竦

1
我爱这人间
更爱斑驳的暗黄

夹杂着疾苦和迟疑的
隐隐教诲
让愧疚的天色一再后退

2
隋梅枯瘦
倚着矮墙

那些开败了，还在努力的
苗木、蔺草和粉团
都有着统一的朝觐

3
寒山子想不到
躲啊躲
——还是无法逃离

索性就按兵不动
因为暮春早已铺天盖地

4
再也找不到比这里更好的
一处隐居地
溪水是活水
山岩极其壮阔

村口水车不舍昼夜
男人从山上采石
女人在岸边捣衣
水里的鱼逆流而行

谁也抵达不了她的源头
谁也不曾放弃简明的生活

5
古寺幽静
偶有半开的禅房

每走一步
都会惊动
香炉里深埋的虚妄

寺前早有"水西流"
它在逆反中桀骜可驯
人到中年,需要登塔四顾
或,寻那件束之高阁的僧袍

我开始从来时的荒径中知返
——开始反对内心曾被妥协的
那群词语

任佳溪短章

1
沉默里，草安静地旅行
它看过太多的风景，
高大乔木投下阴影和落叶。
阻挡不了，箭
温柔地射来。

2
午后的毒蛙爬上脊背
肌肤温良，略带快感和神秘
颓靡的苜蓿，被切断退路。
鹰巢已无可救药——
临湖而居，春色说服江山。

3
让诗意去解释诗本身。
对向而驶的列车双双跌入悬崖
阔叶林、灌木以及蕨树，
被巨大的形容词吞噬
焦黑的荒土上，
尸横着欲言又止的雏鸟。

4

内心合租着朝圣者。
晚云急需掠过季风的体香
前往六月登临的高山：
村庄散落，空无一人。

5

粘合着一枚瓷器，断裂碎片
它通体透亮，尤其怀着怒火。
小兽们惊恐看着人类
硝烟浮在水面，如果回到
战栗的底部，羽化成
某个朝代编年史的模样，
沙漠之眼，清澈不变。

6

夏日，从未有过卑微
翻越你纯洁的隐伤，
没有夏枯草，也没有炙烤
我始终未涉足这片熟稔的领地。

7

巨大的臂膀，蓝鲸驶过
不能欺骗任何假寐者关于创世的真相，
他们以充盈潮水的体腔，撞击宇宙
时不时裹挟真理，奔涌向前。

8

"去吧，揭露黑夜"——
葬礼会更加密集地到来，
时间拒绝细节：
精致勾勒，唯一的马
病了。
尘埃簌簌翻滚，吞噬死寂的晨。

9

岛上暗礁林立，囚着。
更多海鸟繁衍生息
呼啸着，堕入罅隙，
但我想不到更深处，母体的阴郁。
蚂蚱开始交头接耳
沉闷的，跟所有人一样热衷八卦。

10

淤泥漫过堤坝，森林萎缩触须
敏感的跳鼠围着橘色的野田歌唱史诗，
视觉陷入衰退，手心淹没荒草。
女人丰腴地拴着男人
而男人的瘦，却四顾无暇。

11

城市村落终于诞出
到处有笋片，林立。

陶罐里炖了半晌的腊肉笋
让某些注脚更有芳香四溢，
仿佛嗅到，竹海里更幽暗的星光。

12
缘溪而上，讲的是与水的交好
一只绿毛龟端坐静默，散着暑气。
刚过的阴雨，内敛、庄严，
绝无风尘与燥热
它所经历的，我闻所未闻。

13
大岙底、石洞溪坑
珍珠闪着夜光。
贫瘠的山峦，体内走着时钟
昼夜辗转。来看你的家和陈列
你把众人高贵地安顿。

14
洞山寺没有唯一性
晨雾破开沟渠，乡村的生物
挂上树杈来回摆动
众人朝觐灵龙宫，稻穗低垂。
拂晓，建造螺蛳壳
神明似的度散失的亡灵。

15
初夏花园，褪下蛇皮的盾
嫣红调和着姹紫，沙湖庙
最隐秘的短笛，它从不示人
前殿、戏台、墙垣，有人捉着迷藏
有人看它，摇晃着宾朋满座。

16
踱步，回到钟摆的姿态。
节律地逡巡于龙廷河
海浪，列队开始返乡
种子被更久远的地表
翻滚。一颗心装满酒酿
仁美桥，梦了三百年。

17
蟾蜍跳过引水渠，石塔变的拜物教
白昼里开合的回廊。岩缝开口大笑
吐出枯木、人影和半个月亮，
湖泊渐次干涸，虫兽隐没
洞口的白云等得久了
告老还乡，显出清晰的蹄印。

18
古樟路，映着铜镜的绿光
深陷宋朝遗世的经卷

影子攀援，灵绪湖襟怀坦荡。
里尔克的木屋
不知从哪儿冒出，供着佛龛。

19
触摸潮湿，获得凹凸不平的黏
斑雀欢快无比。肉身穿过我
穿过山体的浮肿和木船
明黄在风尖上打盹。锐利的刀锋

挑起一堆古老的乐器
将呼童庵肆意打磨，
风化一只鼙鼓，咳血的嗓音。

20
天气预报有雨，有雨一样的前世
接近海平面的跋涉，夏阳死于冰川
无声的果实，即为三世菩提。
我们在郊外蜿蜒蛇行
踩着陌生的灵物，闪耀！

21
古道锈迹斑斑，冰雪覆盖
隔着墙驶向太平洋。
那时，马可·波罗持通关文牒
绕过，关汉卿放逐的一匹瘦马，

海藻倒垂。我
火烧云一样，顽强下坠。

22
站在时间的浮尘里
打破物理的心脏，以及幽暗的阁楼
扎猛子。远山如黛
像极了村妇：垂暮的乳房。

23
枯藤比宝石更具质感
瘦金体划定江山。一艘渡轮抛锚在
村口，更迭金钱草体验季节
深渊揽住脚踝，踏入纯白的流浪。

24
我习惯推演风暴的密令
把嘴伸进蜜罐。那里埋藏歌词
搅得人意乱心烦，刺眼的光
由井口夺路而逃。缆绳保持缄默
日子如此荒废，如此欣大于悲。

25
方士求雨，荒岛没入海岸
木筏囚禁森林的床，白天消失的
黄斑蝶，居然有隐身术。

只有魔法效应，能吸引飞沙走石：
"艺术可以大张旗鼓，偷袭我们"

26
三只脚蟾蜍趴在墙壁上，祭拜
呼风唤雨，蔚为壮观。
终年潮湿的梦，莲花盛开
灵湖以外再无落叶
另一只脚，繁衍至今。

27
遥看草色的功夫，雨就落下
隐忍着，摇晃汪洋的胸脯。
仿佛蓬累有心，便天生哑口无言
盗火者的伤口不愈：
东一簇梵音，西半壁残云

28
石路契入狮子山裙边，鸟兽皆让路
我们带着悔意膜拜山神和水兽，
烛台的内心再无烛台
叶子的后面还有叶子。
像蛇一样善于腹语
如蝼蚁的孤独，瞬间入冬。

29

从灵谷寺到洞山古寺
我的半个魂灵总是失传，
尘世隐现桐花如雪
而佛主的新钵早已羽化成仙。
荒凉的素斋，
不遗余力地度着自己

30

他们谈论俗世如同魔幻
对于回家的鹰的翅膀，有些戏谑
金黄的湖面不再燃烧
它得了内心的思考。
急等黑夜的波德莱尔，五谷汹涌

31

"其实，我将秘而不宣"
——几乎要行隆重的跪拜礼
任氏宗祠前，鸟缄默不语。
时间垂下最薄的纱帘，哪怕
肉体做下最肮脏的交易
我并不为你的一贫如洗，深感失望。

注：任佳溪，位于浙江慈溪掌起镇任佳溪村。

翠屏山庄

以坝为界，盘山公路切入山体脏腑
里外杜湖：江湖有分水岭

散落山民、异乡客，还有迷路者
拍翅而过的水鸟诞下梦以及
整片林带身患重病的养分

潭影空人心，装不下石灰岩裸露的尸骨
俯瞰竹海，经幡扬起。驶过闪电
马车滚滚，云朵缱绻着，带上发髻

柴扉不曾启，波光潋滟得没有一颗雨滴
独立于喧嚣或者尘世的底层
接近根系的回响，以及黑色液体
鱼群散淡，交头接耳，四散而去

水面竖立起屏，打铁石一般，黛色如坠
无声无息
望见水面中倒影的波纹，山峦，天空的心
湖底之瓮隐隐回响，隐隐沉睡

别临岐

1

岐者，旁逸斜出
支流簇拥而上
此地，只待拱手一别
挥下漫天清泪
已无悲戚
春的伏笔早已葳蕤荡涤

2

山色隐晦
在湖底翻不过去
拍翅掠过的水鸟
诞下白莲花和歉意
你，蓦然一惊：
桐花便逐水而下

3

壶盖被揭开
雏菊隐没故乡一隅
那些翻起的白浪
打马而归
昏黄如浮云退却

执火者，守口如瓶

4
山茱萸都虚掩柴门
内心雨季起了滂沱
姐姐高盘发髻
夏天的隐秘：
从来不曾听闻
断崖边上，玉露金风

5
月亮过于羞赧
湖连着梅口，滋养万物
平原厚葬母骆驼
故人庇荫大地
扁舟呐，何时载酒
又在哪个渡口悲秋

6
断桥不在西湖
山核桃的子宫里
满是催情的痛苦
水抽离实相，给行者
以少女淋漓胴体
九尾狐一跃，含英咀华

7

很小的时候便委以记忆
可自贞观年间说起：
牧牛、捉鱼、泛轻舟
比之鹅掌楸蚀骨之美——
不是身怀六甲
便已是钟磬高悬

8

交汇相拥的不一定是
屏溪和瑶溪
许是鲁永筑口中的梓溪
他们都滔滔不绝
雨水丰沛，老井似的
黝黑且销人魂

9

山那头昏黄四起
稻谷不再金黄，五月的灰烬
遮没了暗河呻吟
缄默：成了红豆杉
最后一枚滚落山崖的
情人果

10

垂纱巾的女人

小兽似的奔跑

浑圆双乳，云山雾罩

阿哥呀，小妹呀

只要苍鹰在回旋

这水就能陪你们夜夜寒暄

11

佩剑的行脚僧

进入平静，沙坡地抚慰雨季

茂密的时光乱象丛生

一半缘于龟息

一半缘于巨樟深陷的绝望

12

越过潭溪公路

一群奔散逃逸的灰兔

暮春风中，扬起透亮的毛

山谷已毫无眷恋

充其量，暴风雨是迟来的

窃密者

13

很少能看到水神的眼睑

一如村妇静默

没有尽头的航行

池塘竟风波四起

众人吐莲，安澜如归
什么不可以宽恕？

14
夏，危险地陷入坟茔
就像诗沦于某个词语
镜像穿越事物本身
仍能血脉同流
覆盆子的恶欲，不是
潮汐就能轻易救赎的

15
社戏久未谋面，应了
剧情开始水落石出
枣红母马的臀部
隐匿了千岛湖固有的版图
男人犁锄，女人白得
像一张精致的红星生宣

16
已无木屋，仅余茂桐
打开身体的孤林
几乎没有怨恨和旧友
天色喜悦泛青
源流之上，苍鹭集结
这坛酒开了便合不上

17

"水声是不被祝福的"
溯流的代价已足够温和
城池打湿，没有乡民的江山
迟疑这野渡无人
竟然也能和某条花鲢不朽
喑哑者，就此结为盟友

18

盘亘一条黑蟒于暮色
它眼里壅塞万千唐诗
红色信子，分明是野杜鹃
奔涌的初潮。身体一截截
暗下去，湍流之下
鱼群耳语，灯火通明

19

集镇不是彼岸
而散落于江心荒岛
达达指的千峰阁
竟错成"有凤来仪"
所有失魂落魄，只许阴干
没有晴日时，落雁沉鱼

20

鹿呦呦，此地稻米盛行

折花问柳之间，孔孟有度
庄周呵出的白露
栖息龙舌草与红枣皮
没能溺亡于"秀水春"的子民
便很快老去

21
孝节牌楼，骄傲的姿态
那些石条的母体
早已被最温柔的虚词湮灭
人群中升起肃穆
仿若，村口炊烟
漫山遍野。赖以拄其间

22
夜的丛流，辗转反侧
为了彻底与逼仄峡谷决裂
醒狮隐入岩心，苦等
破晓前的春情勃发
"十里长屏"意欲折返
点篙人竟宿醉不归

23
这条烟岚浸渍的廊桥
既是吴峰的，也仰韩的
隐士钉过的马掌

曾搅动多少闺楼夜凉
而今朱栏犹在，拈花的手
起了苍黄

24
从成都到临岐走了
一千五百年，只剩下这座
恢弘的祠堂。安遗堂前青苔
肆虐，可曾有先人预言
山核桃里摇晃的是，一个王朝
血雨腥风的昏暗

25
逐溪而上，讲的是某次归隐
宋词的下阕尚未寻得
胸中有山门便兀自合上
鸣蛙筑起篱笆，世界剩下宝蓝
此时，风略带戏谑
叶子正躲进蓬累的青涩里

26
审岭脚尖叫：
"试着切开你的心脏"，冒着险
山中的遗骸——
作麦浪似的翻滚，好像野媾
这条航道太长太长

谁是舵手，迷途的风险
不够用来四个老男人一醉方休

27
暗黑点唱机响起
食肉动物闻声而来，还有吸血蝙蝠
这里水草丰美。没有月光
也点不亮一盏路灯
多少年没在宇宙中浮游了
连地球亦惴惴不安着，羡慕

28
所有谷物都贮在深夜
马匹入围。体内鸟笼打开
无异于阳物高举
废墟之上的玛瑙绿，残碑林立
淬火之痛。不是文人的江山
就这么，可以完美谢幕的

29
孩子，你已不痛
拂晓来临之前，灰色蜂巢
将包围所有镀金的海岸
肤浅醒着。锈蚀的避雷针
鱼鳍一样终老
江南以北，浴火而重生

30
云中锦书，需要蘸满粗粝的孤独
这儿不是冰山下的圣图斯
更不是植物园。还会有多少
白头鹎听从人类的艺术
不与自己为敌，来回穿梭
经冬历夏无所畏惧

31
临了，烟雨已退场
夏的乳房比松枝还轻
别处，最暗的焰火燃起
泡桐落叶——
"记得和每个遇见的人说话"
穹顶，有夏枯草重返故乡

注：临岐为浙江杭州的一个小镇。

环城西路南段某地

起先想到并时隐时现的那帮幽游散淡的男人
成片竹山林海空荡得如同一只金色的觞
寻声而入，有鸦群给自己筑巢
竹林以外再无竹林，像是空置的废墟

更精致的酒，对应着更精致的嘴
以及和嘴共生、苦乐均沾的食物的千疮百孔
"恭陪竹林宴，留醉与陶公"
与其固若金汤，就不如独守埂边的野菊
在南方的夜的城池里，翻江倒海

欲罢不能于一部惊悚片、一堆尤物、一个接一个
分裂又高潮迭起的幻境，虚妄和重生
才真有解开绳结天然的魔力
尖刺灯火洞明一切，只是，照亮不了自己

你可以说智慧附体，灵主等候守墓人
除了最崇敬于三月的鱼，五月的马
对人间疾苦以及片刻纵情，怀有极其敏感的心

梅家坞小住

我沉默着，向绿色致以狠毒的敬意
在她还没来得及将一万颗死灰的心脏埋没之前
擅自将溢出岩石委屈的泪水渗入暗黑掌纹
好让一点一点萎去的冰雨，裹挟梅坞的胴体
深情地击打每具日渐褪去高贵的魂灵

海拔升高，不停突破云的规则
冲破湿浊和潮闷的围剿，山的清冽诞出古佛
不时洗净俗世也冲刷人间的十里琅珰

茶园深处，山蚊成了当之无愧的智者
它们才有真文艺：不附庸风雅、
不矫揉造作，直奔主题，而且痛快淋漓！

忽然入戏太深，仿佛驾雾且又腾云
探半个身子出去看果农挑着担子——
清凉吆喝。那不是他发出的声音
是整条街屏气凝神，镌入画里隐约传出的
细微动静

沙溪若径

那晚沙溪的水，银白、凝练
缓缓冲洗山路疲惫
野花开了一路，它们并不显得喧闹
石斑鱼静默在石缝之间

廊桥上，晚风穿透诗词的月亮
那些土烧，二两绝不上头
看阿罗清醒地醉着
晃晃悠悠走下斜坡

红灯笼抛洒光晕——
少数人不行于色，节制而自省
更多人习惯在暗处，诵着小调
尽管彼此已无秘密可言

声浪起伏回荡
蓄积着河床的碎石、淤泥和白日焰火
小兽的山脊颤抖着：撕咬，腾挪
除此之外
山民已睡、星宿已睡、荒诞已睡

只有对着整片夜色老实交代遗世的心事

或者万顷玫瑰。连玫瑰也已沉睡
"坚如磐石，安之若素"
众人口中的整条径流
像极了一首被久久忽略的唐诗

注：沙溪为浙江磐安县的一个村庄。

车过象山港大桥

雨季，在气象学意义上是一个特征极为分明的词语
所有江河湖海，人生飘零都可以在它的身上得到秘旨
而某一刻它竟丧失了青涩的自我约束与孤芳自赏
转而投入天与地之间，一场不伦又不羁的三角恋爱
那是在车过象山港大桥的瞬间。我们坐在车里汪洋恣肆
车在桥面上驰奔，我却想到雨季这个词
从迷茫的车玻璃上渐次夭亡

其实我想不到更远，想不到雨如铜墙铁壁横亘于前
它似乎很生气，倔强地宣泄内心所有的愤怒、泪水以及醋意
将孤零零的人世与混沌的天地决然割裂，宙斯之神
刹那掠过阴翳的层云。我看看雨以外的雨，飞也似的逃离
海岸线蜿蜒蛇形。上帝刚刚褪下的战袍

没有硝烟的战争，这根本是个伪命题。死无葬身之地的哀歌
敲击着秒针柔弱的心房，我遇见每朵绽放的雨，高潮迭起
它把天与地的交媾看成是清明之后最宏大精湛的生命礼仪
恰逢此时我成为了一名偷窥者，见证了岛与岛赤诚以待
波涛翻卷裂开胸膛从容就义的勇武与壮烈，轮胎碾着雨的精魂
雪的尸首前行。雨季，蜕变成一座哲学神龛
万流归宗，飘出的只是一缕心田深处宁静缄默的烟岚

过樟溪村

全是石头垒砌的房屋
它们浑圆如月，又棱角分明
一定知道山河的兵荒马乱
如何求得苟延残喘
一定清楚村口的红豆杉
怎会留下喑哑的孔洞

孔氏家庙门前
众人仰头感叹
——有人为它的敦厚庄严
有人为它的慈眉善目
有人毫不犹豫按下金属快门
也有人为它撩开薄雾的面纱

戏台，雕栏，魁伟
居中正坐
那些登台唱戏的人们
倏忽，又去了哪儿

偌大的厅堂挤满人群
喧闹的夏季终于来临，它空洞
不安，敲着战鼓。九思堂外

根本来不及让人细细思量

耳边，一枚松针呼啸而下
世事意欲躬身而退：在它困顿
老死之前
恰好伸出手来死死
拽住我开向暮晚的衣襟

大塘河眼里闪过枯瘦和隐没

白天的火，都隐藏在巨石里
金黄的鹿角削去椿树葳蕤的寒意
这春浮于最高处游荡：深褐色的
剪影。大塘河从来不干枯于出身
她们的母亲，世袭着月亮和辰星
翻起浪以及污浊，人群静止不动
蚁群世代迁徙

以至于组成这些场景的片断
明灭，如同两手空空筑着巢穴
风逐渐扬起，雕塑
你游曳在自由的渤海湾

上午，对着天花板脱落的墙皮
自言自语：尘埃不可弃
微微摇晃着地球的子宫
苦痛与欢愉，布满虚妄宇宙

过居士林

门口车水马龙
日夜不休。忽必烈当年到处征战
很多时候他已几无对手

月湖一再盛大，或者说以此来
苦苦锻造浮萍和珍珠

常有三五信徒门前静候，壁画一般
目光交接处，成片睡莲缠络着

我根本就是路过，退避
也许由于错觉和思虑
把现世营造的庙堂一座座焚毁

它们在我身后急于作揖悔过
好似面对茂盛的罪孽擅自低眉
——而燕群连日盘旋不绝。两个世界在翻云覆雨

初到方太大学听讲
——兼致陈德根、沈渊诸友

在滩涂以南潮水已不是倾听者
在九塘路以北可用呼吸表达某种敬意

楼宇一座接着一座墩立
舒缓里，有着诗行的美学

我们学习雏鸟幽鸣
学习一枚鹿角里隐藏的谦卑
或者驱使秋风——
替消逝的白发与文火遣词造句

他体内的盘根错节
总在一意孤行。音声幽微里
打磨着隐隐细浪

一辈子调兵遣将
一辈子和粗鄙较量
有人不甘妥协
试图灼烧盐的结晶和咸苦
用以呈贡这片无涯人间

辑二 这世界都将遵从于自己的秘密

黑夜旅途

比列车更先投入远方的总会有另一个目的地
比暮色更先踏上羁旅的是你我皆无所归依

它载着与生俱来的陌生和瓜熟蒂落
以及一条银色武昌鱼泅渡的困顿
驶向身体拥塞最深处。而我时刻蛰伏
群星那样不时闪烁泪光

车中闲谈

孙武军谈顾城时
车窗外一排排白杨树开始颤抖
那顶洗白的直筒帽子
以及直勾勾的眼神，利斧破空而来

相信我之前可以相信的
远比相信我当下无法相信的来得简单
谁不喜欢简单——
有时候这也是种缺陷
它让天真的人难以接近本相
中间隔着一万个低沉的孙武军

以前读到：
"我拿把旧钥匙
敲着厚厚的墙"总戏谑得无奈
而经他转述
旋即，暮色中山水轰然坍塌

人生总有太过入戏的遗憾
害人不浅
自导自演的电视艺术家
剪辑万千个镜头，谈笑风生

声音里布满斧子的印痕

注：孙武军，浙江定海人，1980 年 7 月参加诗刊社第一届"青春诗会"。

灵江源

走多远的路也到不了的地方
登多高的山也看不了的风景
——我时常在心里独自刻画这样的场面

欲望有时被邪念引燃
有时却吊垂枝头
"山中发红萼"，深潭可以掏空人心
石斑鱼跃出水面

那些空悬在头顶的事物
使世界更美好，哪怕一丁点
古老的趣味或者幻想。当然也包括
这个念头本身和
自言自语的我

黄贤森林公园即景

云层急遽书写在天庭受到委屈
多半来自幽林深处不可告人的秘密

鸿鹄掠过湖心
掠过不远的海港
此时，烽火台垂下老泪

夏黄公做了一个长长的梦。山头
试着越过自己，越过自己
遍地生发的勃勃生机
俯瞰，秋——这位乡民

他建设土地，也建设精神的楼宇
只是很多时候我们吸着有型浮荡的氧气
却对枯黄的落叶抱有重生的怀疑

黄栀花巷（一）

凌晨有橘色灯光晃进来，黑夜的阳台
酒醉一样。人时而清醒，时而昏沉
但无法时刻像子时这般冷静

起初是没有下雨，但或许又下得很小
细微得只在某个形容词里漫漶
眼里腾起蓝色焰火，低低燃烧

女儿、父母想必酣睡，潜伏着暗河
水生植物们袅娜着次第生长
从不曾离开南方乡村的中心

出神或者游离，瞬息的动魄惊心
香泡花成片从高处坠落
可以同此刻的萧索，激烈地沉迷

雨止不住悲愤：它几乎无处可逃
忽然也随之凝重些，黎明以前
一切的遭遇显然更为诗意、葱郁

黄栀花巷 (二)

始终灰色的天，想象还有比这更灰的
灵魂陷在里面

这几天没有一点风
比风还要沉默的，是八月的鱼群
它们化成云朵，比云层还要羞赧

琴匠抚摸着拨片，木器、竹器、金器
每种元素呼之欲出：
生来就能把音质涵养得犹如天籁

经过街市。雷声起
盖过世间所有喧闹，独自震怒着
这宏大，抵得上每颗星辰的孤独

一尾猫，趁夜色跃上瓦屋顶
和夜，不谋而合
而苦夏交出的线索，我却无从下手

黄栀花巷（三）

雨后，天色喑哑在半空
昏黄掠过每个人头顶
乡间田埂弥漫起稻香
有谁从早静坐到暮晚

孩子手捧乳牙，沾着泪
相伴远处寺院钟声初起
老头们围坐，守护这
风中的残烛，渐次萎去

我看到奔跑的红杉林
吐纳的波澜壮阔，隐喻般
深嵌在失语者喉里
将秋以后的苦难紧紧包揽

面对沉默，和沉默将熄
人类钟爱的世界，就这么谜一样沉睡

秋夜临窗

夜色汹涌漫过秋的足踝。白鹭归巢
那些昼伏夜出的河流
此刻安静得不着一字
芦苇整夜整夜疯长
我准备手握刻刀去侵扰一个人
石缝里的心脏
忽而搏动，几欲哽咽

月黯淡下去，秋分已过去好多日
我一贯朝南方伫立
黑暗中楼宇一幢幢矗立起来
将零星的灯火裁成星星点点
似乎这就是可以踩下去的夜路
——无声无息悬在梦里
我们终于互不相见

素 描

多事物无法确切描述
譬如惯常工作的场所
风景迟缓隔着帘子在街道幽游
或是偶尔一两个陌生人
点着莫合烟，架起天梯
向乌云密布的深处急速攀援

对于那些确实无法描述的
痛苦，我只有搁笔
或者换一个坐姿继续冥想
等待灰鹭翅尖掠过秋枝
那不是描述之事得以浮现
却有白莲隐秘盛开，比以往来得更为确凿

白头山短歌

"头顶的残雪唯其柔软"：
在不长青草的碎云里长年不化

神是沉默的风
它常快慰地自言自语
它也四顾无暇。此刻剑匣空空
远处茫茫的白桦林里
有成群游弋的虹鳟和金鳟

大自然在场，而我却不在场
那么倒映在西王母镜中的
俗人、大神和老鬼又从何而来？
它们附在我肉身的角落里
它们长时间与我互不干扰

火山岩中的红男绿女竞相绽放
试图把最痛的那一小部分
狠狠抛到日光之刃上——
要么打磨至无坚不摧
要么粉碎得仅剩童年

我怀揣阔叶林、针叶林和矮矮灌木丛

也绕过七十二道弯口
伏身于你。有的长成砂砾中的鹿茸草
有的长出黑岩里的岳桦树

我小心蹚过她的腹地时
北岸的湖面流出泪来
——小小的牛羊成群
瓦蓝里闪过人类儿时的短歌

这世界都将遵从于自己的秘密

面山而居，逐水而居
沙溪村的民宿都建在风水宝地

——你想过没有
谁会把所有的好
都裸露在天底下
谁又能把会呼吸的光
据为己有

羁旅客：一个猛子扎进晨雾
每只毛孔厉声尖叫，坦诚相见
悬崖边上，玻璃栈道，猛虎蔷薇
当年金兵执剑
竟也追逐到此，心里的铁软了几分

满院子的花开得更艳、更痛
它们不敢叫出声
等着撇过山头的太阳
炉火一样升起

早餐时，众友虎咽狼吞
而我左胸开始隐痛：

里面有秦旭偷传于另一个男人的全部秘密
当你不屑于写诗的时候——
庆幸于还能用拳

被注视

"人生如寄，尘世虚空"
读到这里的时候
香烟灰尘从高处坠下

我书写内心隐秘史胜过
古罗马人。激辩此起彼伏
始终在行文胸腔深渊
窥视着矛盾，那些危机四伏的
褐色密林容人久久徘徊、游荡

以致，也豢养一大堆无用之物
——它们都居于身外三千里地
乃至更广袤而深宏的疆域
不去叫醒倒也罢了

只是昼夜见字如面
惊觉虚无主义开疆拓土
斑斓猛虎一般，悄然注视尘世宿命

廊桥夜诵

还有什么风可以低微地送拂夜的河床
在音声交叠的乱石丛中，独行

还有什么被黑暗一再照亮的季节
让粮食或日子在汹涌的静谧里，逗留

论及诗歌，一群水鸟正
处于耀眼的风暴
白日的水晶开始深潜
但没有夭亡于消逝。对于电锯
还有更远的潮汛

所有都表现出内省的主张
"乡村小苑" 锁着门扣
山色有无中。直觉告诉我
野杜鹃习惯于保持冷峻的妆容

有人击掌、呼喊，大片竹林应和
——每个人的怀中蛰伏花斑蟒
时不时吐出信子：
我们至死都不敢对视的
酣畅淋漓的闪电

诡 辩

四点半，秦旭就起床练功
他发我微信时
估计有点小失落
因为我很少早起
在迎候晨光与恭送黑夜里
更习惯于后者

这可以让人暂避清醒
调节自我妥协的中枢神经
以含混不清地发声
和自以为开放的表达
驱散苟留人世的诸多不安

倘若还有什么顾虑的话
就不要即刻为沉醉之人醒酒
他的天真时刻在酒里发酵
清澈得几乎听到婴儿的啼哭

新肚痛帖

天热得裂了一道血口子
久沸未揭的烧锅，闷在地心
那些奔突四溢的水汽亡魂
拼命挣脱、冲撞
苦苦扭打在一起

朽腐的缰绳承受不住
每座孤立的岛也承受不住
野马群起了嘶鸣
以另种至高的形式对抗
——地表深处
直至寰球世界

对于每个挣扎苦难的毛孔来讲
平常的一日降临：
它不仅要昼夜洗涤世界
更试图隐忍着，擦亮内心的通道

这里世代居住咸苦、缄默，以及
宇宙万物的页码与注脚
一不小心夜凉风过处遭了暗算

炉火灶上的酒，突突突
转眼就变脸成了大片的铁马冰河

出余姚北站没入暮色和荒芜

比起坦露于这种自然到来的景致
我似乎更愿意投入更宏阔的想象
宿鸟归巢，林间路时隐时现

父母和儿孙日夜逐大塘河水
栖息厮守于这片潽黄之中
院子素净，不疾不徐
跟每片落叶都存有千丝万缕

偶尔风吹草动
习惯从一颗露珠里提取
日常生活所需

此刻，月台前
人群升起。朝着一个方向
密谋：谁也无法阻止
列车如此安静地碾过躯壳

那些遗失的针尖
在角落里
闪着鱼肚和蓝光。我看不到
比这更无奈又真实的情形：

葱郁日复一日
想到荒芜比它更见风致

闸机无声打开
整一整衣衫和匕首
无数根须嵌进晚风
他们擅于潜伏或遁隐

好比人到中年热衷于失眠、假寐
以及"越来越接近良善的尸骨"
我们紧握金黄泪滴。它痛啊
生怕一不留神就会飞走

百丈路

风筝离奇断线，居民区挨挨挤挤
秋天里自当好好放马逐鹿
让蝴蝶隐匿的翅膀掀起诡异风暴
从百丈东路一直拂到联丰路以西

我总怀疑：
大地是天空的果实
白昼是夜黑的果实
鹤唳是风声的果实
谎言是真相的果实
当下是永恒的果实
诗章是上帝的果实
忏悔是新生的果实
人间是须弥的果实
爱恨是我和你的果实

一路上，人潮涌动果实俯拾皆是
孤独者，明心见性也可立地成佛

今又重阳

这里本没有多少高山
也没有十七岁王维和他插下的茱萸
甚至没有一匹白马在笔下远行
守着阴风穿过冷雨

那便孤立于旷野
或者稍稍高于海平面就行
这种独处，也许使我能躲避初寒侵袭
进入另一种寂寥和清冷

昨夜枕边金桂压枝
压着猫的呓语。低矮，一丛盖过一丛
遍地萦绕，可弟兄姊妹都在衰老
老到呷一口菊花酒的气力也暗淡下来

九九阳极。我自顾低头登攀
尽管荒凉的世界终要来临
还是把手边的纤绳环绕几圈
紧紧绑在断崖高处：
向着巢穴，向着不曾预谋凄惶的路

空房子

今日天气尚好
云，反复卷集着
在屋顶散步，互相遗忘
一半阴，一半明

棕榈们在草垛之上招摇
一不留神，浑身的痛和
尖锐就被河水缓缓冲走

或许，到哪个埠头
再湿漉漉地起身
接着对屋顶出神：那里空无一物

迷途之间有座空房子
容人们歇脚、扯谎和埋头愤懑
不管熟识也好
或是昼夜昏沉

如此完整澄净的躯壳再也不会出现
正像此时天空低垂的手，会轻易带走一些人事
——也在催促冥想宽恕虚度
宽恕万物尽头的悲喜交加

对 坐

我们就这样对坐
塑像内部里面坐着一尊塑像
天色由暗到明
微风一样刮起
除了睫毛抖了抖
这世界并无不妥

你我不时交谈几句
又或大段沉默
秋天自苦楝树根部袭来：
季节被蔺草收获
奔跑被失散收获
睡眠被梦魇收获
我们被遗忘收获

十楼俯视下去
宁东路边的公交站亭
早已被沉寂的喧闹收获

而此时，有人面对面端坐
从一条河流转入另一条河流
群星开阔奔腾——
并无不妥的世界被自己收获

今天除了谈谈祖国，还能谈些什么

如同谈论一个老友以及远亲
或者路边的野花，疯长的蒿草
向祖国在我身体里日夜穿行
致以一个人低微的问候

他从不停歇去追逐山川河流
去在枫叶红时承受年代的分量
不论一箪食还是一瓢饮
我们面对面盘腿而坐。沙漏一样

众人掮起巨橡、白钢和黑铁
还有锚链与沉沙，祭奠纸上狼烟
可我只记住门前的大塘河汩汩
想起木船打钎，吱扭扭滑向暮年

还请原谅我衰退的记性，演技拙劣
没有为你增加高度以及衬托威仪
只是当做你眼角的流沙表达一点敬意
哪怕荻花白了少年头

至此，我谈不了关于你一丁点的说辞
而那些都会从高楼玻璃幕墙上坠向地心

如同羽毛终究不会安于躯干。深深扎入刀锋脏腑
任凭残阳静静开始蚕食

就这样除了谈你，还能谈些什么呢
一想起你：我的心就会泛起黑色浪花
如同黑鲸高贵地泅渡一生
在华叶混黄里想起母亲疲倦地插着尿管
皱纹恍惚布满整片星空

悲伤是我们为爱付出的代价

伦敦 9·11 纪念花园中心石碑上刻有一句话："悲伤
是我们为爱付出的代价"。
　　　——题记

那片海曾卷起千堆雪
没有鸥鸟、千帆和无人之境
我们被塞进一只碎裂的漂流瓶
无休止地驱逐着赶路
清晨，或者黄昏

我们为爱和困惑赶路
只要迈出第一步
便被残阳肆意裹挟卷入漩涡
两只脚，千万只脚步履匆忙
从尘埃覆盖的湖底暗处向着
光亮自由舞蹈

黑衣人、缄默者调兵遣将
让每一个幽闭的词语穿透厚厚悲悯
给亡灵和新十送去祷告
这场雨迟到了整整十七年
听到么，丧钟为谁而鸣？

悲伤的泪滴彻夜高悬
所有经过新泽西、阿灵顿和布莱恩特的
受害者写下如下悼词：
陌生人相爱只有风兼着苦雨
只有以同一枚漂流瓶为家

针灸记

长夏胜冬。
——素问·六节脏象论

藏了一冬的病
眼巴巴等候这个苦夏
她郁结、增生、自生但不自灭

她火红凸起的咽喉深处
荡出翠玉似的元曲

我反复接纳着痛
一波又一波侵袭堤岸
与其筑牢铁网藩篱
——不如，留个口子
体内的天象潮水般涌起

我躲在一旁冷眼看自己
这具人间凡俗而苦难的躯壳

月 季

只道花无十日红，此花无日不春风。
一尖已剥胭脂笔，四破犹包翡翠茸。
　　　　——杨万里

每次都要猫腰穿过低矮洞口
去行使一次又一次权利
权在于，我能够把握住的
利在于，我可以享受着的

成片藤蔓高耸，露水漫漶
它们一再退回植物的本色
每个季节都试着突破自身
缓缓从云层里捧出馔玉

今早，三朵奶黄的花开得沉稳
细密花瓣里蛰伏疾病、风雷或者
一支盛大的乐队
我浇花除草。乐此不疲

河流从低矮处蜿蜒匍匐
眼皮下，日子往复不再向那昨晚的
秋风致意。黑暗处，仍有三朵奶黄的花

在夜幕深处从容虚度：
它们并不担心美学尺度
似乎已无欢愉胜于悲喜交加

旧时光

每次父亲来看我们，只呆两天
坐着颠簸冗长的公交车穿过城北
穿过每一片路边壮丽的树叶
到达江东的某个角落：
逼仄的黄栀花巷。水蛇一样盘亘——
奉化江、姚江和甬江不停地日夜交媾
三代人看着同样的江景

他说那会上学时，从乡下老家出来
走的也是这条路
灵桥没那么局促
周围几无人浪车流
再步行去往更远的东钱湖求学
湖中间，泛起青春的水波

就这么说着说着，起了夜雾
近在咫尺竟分明还是模糊
自己像是被带入花蕊
蝶舞已戛然而止
互不相认的过路客，匆匆复匆匆
——没人会在意两个男人惶惑的感慨
星子再耀眼也有笼着它缄默的纱巾

只有两天光景
供我反复品咂他日渐苍老的皮囊以及
那颗时时涌动暗流的心，爬满虱子
也让人斑斓着，如此沉迷

为旧宅递一纸辞呈

归视窗间字，荧煌满眼前。
　　——韦应物

当午，俯瞰城中已无人畜
只剩焦黄这一种颜色
它或许，想念"落叶满空山"的情境
它藏躲起来，留个背影
要么在心底矗立山川自掘湖泊

巷子以外，阡陌交通。猛浪若奔
过往客官，来不及递上一纸辞呈
前朝，前尘，前缘。不及半塘残荷
有人度着苦夏
有人遗世独立

还是同个院子，水杉成片倒下
银杏替我怀念阴雨浓重的时间场
它没说半个字，屋子里
故人来来往往。仿佛无人
留意那对蝉翼文理中的某处细节

返乡不得

后田垟巷蜿蜒屈曲，不如一只打盹的猫
随时变换身姿，试图进入落叶的密道
我经过她时，立体的阴暗面变得透彻
里面布满时间、空间和场景的沙丁
深深陷入深秋的树皮

不置一词，多少壮阔的汉字
纷纷扬扬从街巷里弄荡出
眼睁睁任人踩踏，
不甘寂寞的鹰
从祖先那里起飞，像咒语，盘桓头顶

精准而尖利的季节恰如其分地到来
正如肉体中剥落岩石的心
凌晨的雨，盈盈而注
佛经似的，暗含晦涩唱词

午后，一枚榛子打算匆匆返乡：
从所有现代汉语字典狂热的标示中
竟迷失方向，尘灰已觊觎它良久

5 月 31 日遇小雨迎凉有感

什么都没有发生过的清早
天色紧闭，几欲恸哭

月季和蔷薇，相看两不厌
孩子将藤蔓的小手深入薄云
是谁的花色里，在电闪雷鸣

纸上终究没有几多佛法
更无悲悯的河流
——临安府下，纸灯高悬

我隐隐听到金色的南方
听到风雨如磐的故园
在你眼底周围褪去光华

母亲早已煮好满满的绿豆粥
饱满，清热。看海啸席卷
出门前，弟弟张开双臂蹦跳着
而我显然已记不得那天是否也这么下起雨

车过舍辋村，未停

看到村口零落着一排小屋，恍惚而过
车速至少五十，视线来不及思考和喘息。

我仅仅记住了这"辋"，把心尖烫了一下
它没有任何巴结的嘴脸
谄媚、俗流污染的水系，又仅仅和"舍"同色。

老乡挑来山橘，成捆的朴实，泥腿子闪着黝黑的光
天，黑金似独白起来，似懂非懂
谁都享受此刻：藤萝，诗人一般醉卧后院

我遇见辋川集里沉寂的王维，青梅浸在酒中
煮着炉火，散着长发。马蹄声，渐止渐息。

想起村口古樟葳蕤
那阴郁，浓厚且饱满，像是熟悉的陌生人唤你
而除了空谷回声，那烙痕已悄然退至幕后。

浮 日

前往余姚朗霞的路上，我们比水螺，
移动得更缓慢。眼前的白雨，
集聚，山的尽头破出天青色。
　　——题记

草色入帘青。初夏就已隐没
我们越过村庄、工业区和城乡结合部
我们望向云层深处的建筑物

体内清晰的天然隐喻开始剥离
让乡民回忆水蛭的母体
幽暗的地火，风铃一般响起

返家的路已不多
路口的衰草已没过人头
我们真就回不去了
我们安静得长出根须
慢慢整理人世的一双羽翅

非虚构生存别解

至此，歧路已赫然在目
江河湖海各自有了皈依

一万个宝石蓝的太阳启程
前往我曾虚拟的初秋

通向死亡的小径上
除了衰老和病痛给予我启示
心中那一小块黄金
兀自雀跃着，秘而不宣

经烟台转延吉

雨季和梅子早已被遗落人间
此时我只需描绘陌生的晚云
那些被气流打乱的航线
可有驾长车，日夜兼程

渤海湾的鱼群逍遥自在
而我们是午后的杏仁核
山脉里埋藏无数隐秘和欢愉
闪念之间，坦陈世间苦难

盛唐的飞机怎作鲲鹏之游？
乌云细碎，霞光镶满金边
我们的密林紧挨着孩子的密林

新时代乡隐

从一个家搬到另一个家，锅碗瓢盆，油盐酱醋
生鲜瓜果，还是生猛海鲜，亿万颗味蕾狂欢

它们在返乡的路上彼此辨认对方
它们沾染太多的污秽和杂质，以致变得木讷
麻木，以及迟缓。老妪对着灶台
柴火，在炉腔中勇武地挥舞它内心的不屈
从焦炭开始奔赴余烬的征途
漫长得，足以耗尽一生

寄居蟹之所以，特立独行
那是因为它有海洋之心，而非石灰岩一般的花壳
在对抗潮汐或者海啸时，懂得全身而退
不同于"委而求全"中任何伪装的奥义

失散于马群，鱼群洄游，满院秋虫，遮天蔽日
从来都不在一地久居。没有故乡可以用来归隐

走得再远抵达不了蚁穴门口
灯盏孤悬桅杆尽头，身体刮起了秋风
忽然，有泉声奔涌而出：说不定她也深爱着这片失语的荒芜

走进一枚青涩圆润的文旦

天色，像一面喑哑的鼓
看它沉默下去，沉默下去，自以为是的样子
其实，或许有人比它更阴郁

女儿跑过来对我说"爸爸，你真神奇
我一睁开眼，你就出现了"
时间似乎在她眼中输给人类
而我，更喜欢女儿语气中藏着银丝般的
判断。它那么小，但却毫无惶惑与游离

托着即将下坠的月，稳稳磊在眼眉边缘
这么多日子里，她拿这银丝系着我
不疾不徐，带我游历未经的熟悉、欢愉的苦楚
以及发现用过三十多年日渐陈旧皮囊的新功用

不能单单用来与生命竞速赛跑
最好，能静静走进一枚青涩圆润的文旦
告诉她：假想某种诗意的可能性有如此美妙

种瓜记

屋顶不可废弃
没有人告诉我应该如何
营建凡常生活的美学

乌黑的泥土的心脏
有着多少跃动和歌唱
每一粒种子都会窃喜
——都在对此欢欣鼓舞

它们努力发芽
它们怀抱理想
它们在突破虚妄的夏云
它们渴求讲究家庭的每个细节

瓜苗蔓延，绿色血液
涌向天边与沙漠：
时空四维的哲学主张

成熟季节过后
它们诞下你所有的孩子
而有人咀嚼的全是它为你精心包藏的
混黄生活里的甜酸和苦辣

大塘河，黑蟒似的流经心房

从辉煌中踱步出来，也不孤单
同时，很多颗寒露在夜里闪着
内向的光芒。

对黑暗生出天生恐惧
一说到这个词，西伯利亚
几乎所有感知人间冷暖的脏器，已大雪纷扬

阿列克谢耶维奇，确乎是人贩子
把每个哀嚎的灵魂装陈列于货架顶端
从不明码标价
却让这种狰狞，随主人仓促流亡

这世界就这么奇怪
有些人明明江河湖海、波涛万顷
转身，却散失得草芥一般，
有些人即便苔藓爬满坟茔
还是有月色朗照，发出婴儿的光。

我回到独处的小屋
回到闹市中心，这里有属于我的明斯克，
而大塘河，黑蟒似的流经心房。

给 H.M.M

南方雨水丰沛
譬如你赋予这荒凉世界的玉液
无色无味，空相才是不二法门

七月，莲叶无穷尽地表达
水面或者复活以前的秘密
也带着母体的胎记：
胡桃似的那一枚，臂腕正中
它挡开阴云，宛若皓月辉煌

从人群密集处抽走遮羞布
生命才开始得以塌陷、扭曲以及洞穿
比所有之前的片段都要真切
山石剥落，裸露巨大蟾蜍
对暮晚耳语，陌路人不得而知

你生长着樟树的鳞片，鱼的肥鳔和
时间粗粝且质地纯正的内脏
对于玩笑，对于暮色中的流莺
还有原野隐秘处升起的惶惑和悲悯
始终马不停蹄。宇宙醒着
而你却从不曾假寐

春被夏溺死，而我们的尸首
尚未抵达季节的观景台
那里飘着蓝色尘埃和傲慢的野火
下定决心以焚烧的信笺照亮黎明
山南向阳，山南花开
山南有鸟群飞进自己的阴影

我假如成了父亲，一个人的父亲
这几乎是一座难以撼动的山岩
有谁不置可否地浇灌成片的麦苗
少女初潮起，海棠落红
这些男人已化作鹰、五彩凤尾和水藻
不是所有向死都可得以生，除却
今晚炉火白莲一般萎去

雨滴渗进小屋，曾祖母笑出花来
砧板立着，树干上绽出金色蘑菇
水漫起，足以没过你体内丛生的诗稿
鸢尾花翻起巨浪："黑暗褪下，赐于你
重生的华服和殷实的食粮"
没有人迈得进我的木门，它因此不朽

连一株陷于孤寂的菖蒲都打动不了
何以去催醒沉默着的鸟群？
你的手拂过山丘，拂过草坡

拂过昼与夜的交错和每一段结绳记事
彼此不以出卖为阶梯
海上有桅杆，织着繁星空旷的梦

众人连接着乡村，你连接海以及沙漠
镜子里没有睡眠者的牛犊
它们降生于坚实的花蒂，森林或者异境
离巢久了终究记得回来
一枚落单的蜂，采出深冬血管里流动的春天
和大地

不是语言能够解决一切
不是眼神温存就可以放慢脚步
我们互赠两个星球漫长的航行日记
口吐莲花绝并非秘密，那些坚硬的铁
雪的欢愉只为启示扑火飞蛾

事物反复中堕入人心深渊
也许这只属于线性逻辑：
在消弭久远的蝴蝶翅膀上一再作茧自缚

辑三 即便悼词还有另一种形式

隐 苦

好像快中秋了
一天比一天焦灼。天也冷不起来
炉火清炖着猪苓还有白术
比这迟疑的竟然是一只哀鸣的鹤

涅瓦河上风声有点紧
比它更为急迫加入这场角逐的
时光已然无处可寻。月明星稀
银狐都在昏黄里堕入逍遥

时间不断被后来者抵达
就像我此刻断然超越了父母
把病痛、疑虑和孤寂
一截一截遗落在他们身上

生怕有拈花之手枯垂
曾经山花烂漫，秋草隐没病房
舟楫横在门楣上头
突然冰山由壶嘴中吐出，一座接着一座
恐怕这天是该冷些了

即便悼词还有另一种形式

小满。雨水从铜钱草根部溢出，她欢喜
每一次节气带来的开示
黑猫沉默着，躬身而退

城市愈发挺拔内心的虚无主义情节
它牢牢抓住游离的春色和隐喻
女儿跃然纸面，她从所有人眼前
突围。显然，更多的逆转似乎来自
转瞬之间

我们的更迭从来不曾打下详实的伏笔
更无太过虚妄的修辞学干扰
生命的野风，沉静得几近凝滞
尚未从彼此的角色中达到应有的高潮
刈去果实，扼住洪钟

等哀莽的坟茔渐次垒起，一座高过一座
手持念珠，拂去即将蒂落的安静的悼词
昏黄里，雨季欣然如你

晨光以外

树叶打翻自己在清秋肆虐的路牙子上
无数鸟叫声交错着穿过晨曦
漫长的夜忽然惊醒
没有半点慌张。我们曾经孤独
却让背后的风勇猛带进壁画

提篮的大妈只记得菜价和品相
但或许也带回了与自然
很深的情谊。路口车渐渐流过
每扇窗户都锃光瓦亮
其中蕴藏的质地
只在十年前，卡瓦博格峰尖上
骄傲闪过

出去旋又折返回到那里
周身沐了一层金黄而微暖的涂料
我不能说那能代表什么
——心却不经意获得了盛大安慰

夏日即景

每天挤在车流里
对着太阳，燃烧
与生俱来的体内的地火

酷热的转瞬即逝的风
一点也没影响到
金边滚滚的浮雕似的白云
它将我最渴望的那部分
偷偷隐去
取而代之以
尘世的刀戟，赤裸的真理

我们仿佛不再需要进入彼此
许是在更辉煌的深井里
让自己冷静下来
火红的冷兵器淬着
白烟。那是我出逃的魂魄

此时，街道陷入深睡
城市注定比人群更荒芜
——那些向来无家可归的流浪者
毫无兵荒马乱。他们的冷暖
远在这词句以外

病中记

一间病房，三张床，两个老头
还有一个我，靠着十二楼窗口
听他们聊家人儿女，聊生活琐事
聊各自病情像口老井汩汩不停

老朋友，老病友，老亲眷，老客户
从暗地里冒出来，说一些老掉牙的话
似乎人只有回到过去才会流出清泉
闪烁透彻和洞悉的光芒

一个人讲"要讲究细致地活着"
才不虚人生一场
另一个说"尽兴尽情享受人间"
才不亏了自己

日头恰如其分照了进来，每句话都
小心翼翼弥漫在空气中
我寻着这些话音看到一条条密林幽径
曲折蜿蜒。"万物静默如谜"
我们都如真理一般，迈出一步，落叶便纷纷扬扬

和一宁在病床前闲谈

他坐着，我躺着
一种仰视，一种俯瞰
不管居高临下还是低矮匍匐
代表了我所熟知的两个向度：
草尖使劲迎接天空
苦雨尽情奔向大地

无论身处哪个位置
都需要保持某种坚定
看准了，便过完一生
你的话里燃烧火苗
那种不为人知的秘密
或是摧枯拉朽
或是煮着甜美的薏仁红豆

一扇门偶尔打开了
也就不会轻易合上
——迷雾中寻着荒径溯源
或者向着逆流逐浪
不远处三江口暗流涌动，昼夜兼程
它证明痛和爱已密藏良久

聊着聊着，我们进入无人之境：
如同深潭高悬。仅仅剩下两种姿态

粥菜记

出笼，鸟兽仍带病蛰伏
它们懂得适时隐入湖底
要么利刃般全身而退

白粥，空心菜，芋芀
此刻成为我躬返尘世的令符

即便铜制的鲤鱼
也已身怀六甲。为这人间迷途
埋下大段金黄伏笔

要是将来像一株茭白该多好
把自己活成肆无忌惮
坦诚的水田。连蜂巢亦无秘密

只可惜所有假象太过逼真
射出去的箭羽，还记得回家

不管它伤害过谁
也不管它确实孤独得只像她自己

药罐子

所有明火指向木船底部
那里聚集着病痛和回忆的诸多元凶

鬼使神差，温度开始破釜沉舟，直抵无人之境
所有植物学意义上的存在和质疑
以及有形之物、无物之阵

都无一例外醉心于自我革新：
修复河流等于在修复人世苦难

瓦罐子洁白得，像极了一尊佛像
亦声如洪钟，回荡着年轻欢愉的姿色

恰巧被孩子们闻到
他们捂起鼻子四散跑开
他们习惯驱离某种紧张和骚动的马群

无数朵槐花从暮色昏黄间坠下
都向着这无声的粗粝
断断续续聚集（顶礼仪式）。单从这点来看
就足以再次触发关于另一种命运的全盘解构

突突突……在文火上炙烤着枳壳和防风
午时三刻，风稍缓。持戒之物早已烂熟于心
而溃退可以做到轻易越界，又如此悄无声息

父亲在厨房制作一道老鸭煲

居然很多年没吃到这样鲜灵的炖煲
像是某个音信全无的老友再次重逢

这种情绪从父亲进厨房时
就开始蔓延，白藤幼苗一样
四处疯长（寻找那些日渐闭塞的出口）

入世太深就容易一叶障目
偶尔沉陷于井口
而忘却不远处湖海的盛情

他由少年颓变至此
如同溪流奔走后集郁的清潭
更给雁群以孤独、哑然

执笔之手，此刻正熟练地蒸出
鸭血里隐约闪过的琥珀

所有人都在为美味赞口不绝
所有人都那么向往被梦境围困的风暴
唯有你皱着眉，胡荃倾伏，倒刺遍布
仿佛在替时间作出检讨

求证于一组城市老照片

假如时间本身就充满着谜，那么
过去和未来，即是寻求反复论证的答案

那天中午，注视金碧辉煌的大厅
局促的晦涩中，悬浮着人们对未来的猜疑，
它们藏在巨大的水晶吊灯、谄媚委婉的容貌
以及美轮美奂的空中花园里，而
墙上挂满这个城市最斑驳的记忆
像是祖母脸上蠕动的褶皱，堆砌得动魄惊心

角落中，幽暗光线拂过
它们或许真不需要明亮的色系，如同
醇酽佳酿，沉郁，即是上等

我几乎说不出话来，好酒不上头
回味即可。中年将至，更多的偏好关注
早已散失殆尽的那部分知觉或直觉

它们流离失所、无可皈依
即便再远、再凄迷
总有灵魂，在赶往与它们重逢的旅途上，归心似箭

与己书

雨夜攀援着水波的藤条
在窗外偷听斜风细雨呢喃
"我们互相致以敬意"
男人和女人对视
她们喝下杯中的火
等人群赶来。擎着主张
闪耀着！完整的心意
谁也不知道其中有些执拗
尽管我们不说
直至最深的缄默
黑夜榨出的新鲜酱汁
就令绝望的山水，显露无疑

雏菊之香

风，就这么在风中战栗
它从娘胎里就没有准备消停
所有帆船都醒着，撑着
细细长长的桅杆
在沉默的时候，浪迹天涯
或者遭到无情背弃时
冗长地哀鸣。像布谷鸟
等不到来年春又回

但还不是一无所有
泥土开始除去异己
只把属于认同根系的还乡
者——种植。岛上鲜花盛开
岛上尸骸遍野，
多少人死去后并未腐烂
而是先于重建的废墟获得自由

剩下流浪者和野狗
我虚情假意的心，闻到雏菊之香

食物的内部和性状

下午五点，时间在这一刻
有所犹豫

雨滴以自由落体的速度
回到云层内部
一只猫，跃上梳妆台
它从阳光照进的方向上
发现获得食物的秘密

我也需要食物
尤其陷入阴暗、潮湿还有
潜意识里的判决
更觉得层迭的空白信笺
使人情绪饱满

满院子银杏遮天蔽日
它不是童年的样子
叶子也不是童年的样子
"一个人不能两次踏进同一条河流"
鱼群沉没，不予辩驳

我们选择不了更重要的事物

来通过身体狭小的闸门 |
大雪如同鹅毛本身就是伪命题
撇去空泛的月色、光阴和滥情
寻找刹那间，无人能描述的乌有之乡

秘而不宣

三盘菜，一碗汤。吃到足似填鸭的样子
烟熏火燎中与这个尘世贴地而行
白日里沉沦，一枚银针跌落海面
黄昏时分似乎要扒开淤泥，在谷底静听花开

门外有成片紫藤，有迎风的海棠
有密密麻麻向我们报以微笑的杜鹃
阳光有时缄默，有时洒脱，襟怀坦荡

谈论雾霾胜过酒后的酣睡，像两片宽阔的樟叶
互相戏虐，互相引以为戒，互相守着不远的墓碑
乍暖还寒。四月没有雪，你的鱼群秘而不宣

感激那朵垂暮的云，给整片天空浮雕般遐想
感激一双世俗的足，涉过我乱石砌成的城堡

"我并非不快乐，我并非无家可归"
让装满星空的皮囊在旷野一点点萎去
把最后的篝火撩拨得发烫，总能照见来时的路

悬 浮

女儿正在睡眠中，一尾鱼悬浮
带着满身鳞片，从来于至清的水里扇动漂亮的鳍

我看着鱼，鱼看着我
她昼夜睁着眼，也不怕患了白内障
她有耳朵，或许早已失聪
但也可能根本就是关闭的

这个世界对她来说如此曲折
在水里呼吸，在淤泥里死去
即使有跃出水面的一刻
想必是做了噩梦，或者失恋了

我爱这悬浮的假像——
被阳光折射进缄默的无穷虚妄
水草一样，永世生长，忠于四散的梦

外婆粽

外婆老了，粽子壳紧巴巴束作一团
她包过的肉粽、蛋黄粽、豆沙粽…
全都焦灼地留在儿女子孙体内
时而，变作夏虫
时而，凝成霜冻

时间长了，我们都习惯这种形式的转换
把活过的细节都裹进各式的陷里
把尝过的滋味都试着与粽香作比
忽然发现，外婆的粽子：
成了很多人的唯心主义哲学

她老了，老得再也不能包粽子
只能把佝偻的躯干包成自己
里面矗立着她曾经玲珑的山水，而每年的季风
都会清晰地唤醒每颗疲乏的味蕾
让游离散失的魂，柳暗花明

生活场景正贴地飞行

从腥味饱胀的浒山菜市逃离
和我一样庆幸的有空心菜、鲜花生以及酱鸭掌
或许它们已经习惯成天受尽折磨
与生俱来便懂得隐忍和默认
——更多人做不到。蜻蜓点水似的
从街道闲散着的浮尘中掠过
不清楚要获取怎样的确幸与欣慰

和伏天起首的那抹夕阳一般
红彤彤。女儿踮着脚，漾起薄纱的百褶裙
"爸爸！你看这样漂亮么"
无所事事的美包围着暮色
饭后我们讨论一篇日记的结构
像是观察雷雨后一枚失散的蜗牛
饭桌上，蒜泥夹杂的菜香
足以为这场对话提纲挈领

也许没有重点的生活
将不断延续。滴水观音从尘世中遁隐
也许生命的陨石曾呼啸而过
我们像晚霞绯红里涸出的坦诚
轻轻排出一行归巢宿鸟，或是

遗落两颗悬于胸腔的星宿

她散开辫子，风中凌乱地奔跑
在共同建筑的庙宇周围写诗、买菜、沉睡：
谁也惊扰不了这些词语
固执地走近内心踟蹰的钟摆——
时不时警醒困惑的自己
像那晚一样，骑着矮矮的脚踏车
自由突破细节和藩篱，贴地飞行

午睡隐闻雷雨倾盆

倘若有人假寐，便无法享受
雷雨带来的某种隐秘情节：
因为每颗高空飞坠的雨滴
都沉醉于刹那的宁静
自我救赎的同时，藏入梦境

躺椅上没有水，它不会侵扰我
暂时是干涸的。孤岛的孩子
眼睁睁到来的事物
却被死死掖进雷声的暗礁
缄默里覆盖冷霜

麋鹿夺路奔跑——
你甚至看不到它内心的雕塑
哪怕，一条细微的裂缝
从雨帘后曼妙地伸出手来
接过不被理喻的征兆

睡得太熟，太熟
连湖底的淤泥，都喘不过气
万里之遥，也许已浪静风平
倏忽一念，世间都汪洋浮浪

辑四　他不得不困守于人间病灶

听柯平夜谈

永远鸭舌帽、小挎包、胡茬满脸小跑
眼睛的深渊时时掀起波浪
讲诗歌时不像一位诗人
夹菜喝汤吃老酒，又绝对
能显出高深的道行

还记得半年前烫的黄酒
热到心坎。还说对美的东西
人们有着出奇的一致看法
比如好茶、好烟、好光景
或世间尤物、天界珍奇

语调顿挫布满张力，眼角皱纹不假思索
每一道沟壑，天然就为人生分好了诗行
那些太多的文章：
爬满虚妄，爬满困扰
尽管去大胆地怀疑，再怀疑

说起老江东初架的灵桥
也能在他唾沫星子里激越颤抖
生活的虚设，又怎能时时高潮
一杯杯干，总有不是滋味的那杯

等你笑着饮尽。不诉离殇

投入讲话的时候，分明窥见
野草似的句子。漫山遍野——
胡子横七竖八兴奋地颤抖
谁不日渐衰老？历史的虚无主义
掩盖不了闲谈的丁点崇高：
倘若你生在乱世，说不定真能
铁马金戈，尘寄如烟

家住浒山游泳池路

女儿穿戴整齐泳装后，批一条大白浴巾去的
从家里推门而出到小心踏进泳池也就五分钟
陆地到水世界不过这么点恍惚的距离
三十年前也像她这样。整个夏季都浮潜在
更为浑浊的池水里——
甚至没有如今的遮阳布，横亘在大半个池塘上空
所有胴体都裸露在毒辣日光下
忘记那时自己是否幻想在撒哈拉，或更远的空间

城市蔓延。人群荒草似的，扫荡一切
东西南北或有更精致水生活契入更多孩子的童年
那些金碧辉煌的蔚蓝，比起我童年泛黄的模糊回忆
一只皱纹巴巴的老手暗示着内心悸动
波光曲折着，把女儿潜泳的身姿轻盈打碎
像父亲戴老花镜紧握大菜刀切姜末时的样子
"冬吃萝卜夏吃姜"：很多时候
我们试图回避某样事物
它却急匆匆，汹涌而来

游泳池路边的游泳池，路因池而设
即便有朝一日，池水干涸，断壁残垣
那个曾经晌午时分临池一跃的少年

正逐渐嵌入池底的某块马赛克，所有漂泊的河流
纷聚于此。相信她才能安静澄明地唤醒水的前身
并把逐渐隐没的时空浅浅淡淡地重现
执笔泼墨，江山却不着一字

在厨房深夜劳作

冰糖雪梨冒热气在小炖煲里炼狱
所有扫除之后的净
无非收束于熄灯瞬间的寒颤
战争与和平,互为消磨殆尽

一只龟悄然侵入另一只龟
磊石越高,无疑越接近生天
但内心危机的水面
——臣服于波澜

每天的浮世都指证同个
带豁口的花瓶:
里面遗散着四季和远古的蝴蝶
稻穗欢喜。倒垂整座孤山
而我儿时圈养的麋鹿,哀鸣不语

秋 夜

母亲浅浅睡去
双手交迭于后脑，那些白日里的火
隐隐熄灭。花白的发如夜光下
肆虐的秋草：无所顾忌
它们怒放着生命最后的秘密

那一刻，窗外刚晾出的衣裤
有节奏地滴着水。击打静夜安宁的心
我想叫醒她去卧室躺下
但终不忍去打扰。鬼影似的树叶里
万千条脉络指向根系的归宿
蓬勃而华丽——
暗暗发出啁啾

女儿一头扎进床帏
带着雨声回荡的节奏
总习惯，遁形于现实和虚空
两眼干涩起来：比气候的蜕变来得更迅猛
也会偶尔有虫鸣让人动容
其实，我更享受流逝的每一秒
曾真实激荡起体内浑浊而宽厚的回响

小 酌

在家坐下来吃饭最是放松
父母在桌子一边
我俩在相对的另一边，一头是女儿
有草根的仪式感

秋风起。一切都开始响起内在的风铃
萝卜芋艿羹、煎鲻鱼、白切羔羊肉和石蟹们
少不了老太太爱吃的腌苋菜
互相陈列自己最美的姿态

玻璃瓶里摇晃的多味中药排出的酒
皆洇出了姜红色滩簧韵脚
很多时候，不光酒本身就让人徒生醉意
——记起一棵栾树开枝散叶
浓荫里，必有盛宴的大欢愉

最近，我时常学女儿踱儿时舞步：
循着旧宅暗角下溢出的酒香
徘徊于时间预设的磁场。它精致
且巧思，直至无大于有

每次小酌，父亲只一两

极少喝多。节制的钢筋强力弯曲着
死死在他体内撑了一辈子
只当微醺那刻才回到早已不存在的
那个战栗的漩涡：比潮汐更动魄
较浅醉更忘情

蜗 居

从窗户栅栏的缝隙出神望向对面楼
我相信对面黑洞洞窗户中
也有眼睛如此这般朝着里张望：
暗处对抗光明的唯一通道
成为整个小区楼群不易消褪的兴奋点

云影肃静。徘徊起来
徘徊起来，便遮蔽所有沉溺的事物
夕阳最后的余晖
交待给无聊人间的遗言
台风初起前。"沉默不至于绝望"

黄昏因此开始更为昏黄，我竟相信
它内心偷含有金色蜂蜜

格拉斯挽歌

谁的房间密不透风
四月没有悼词。狂风起,
人与人素未谋面
隔空循着电波辨认
以纸为阵,或是游手好闲。

洋葱被一层层剥开
生活需要我们致意,
涂鸦的墙皮,有争执
有剥落,也有隐隐泛潮的迹象。
这里有浓烈的梅雨
你的体内为此燃着篝火
或者,秉烛夜游。

生活哪里会暗淡。
找不到密码的失踪者
就在房间中央,颊齿生香
隐隐绽开沙漠中的百合花。

满 月

月满则盈。那日整晚不见月
却出了一小会太阳
他们都确乎羞赧的神灵
连同你，并非大张旗鼓

灵骨渐次闭合，凡事终有期
一尊金刚端坐祥和
只消三十日，便已天上人间
你也许有往生却无他乡

人这一生，无法总结。无非合了气场
才怀揣着各种气息
辨认物是人非。以至认祖归宗
不单单归于眼、耳、鼻、舌、身、意

那日饭毕。老奶奶捧出一本妙法莲华经
残破泛黄，上曰：欢喜合掌，一心观佛
不经意一桌人都有了属于自己的莲台

那朵金边的云

每天挤在车流里
对着太阳，燃烧
与生俱来的体内的地火

酷热的风
一点也没影响有着金边诡异的云
它将我最渴望的那部分
偷偷隐去
取而代之以
尘世的刀戟，赤裸的真理

我们仿佛不再进入彼此
许是在更辉煌的部分
让自己冷静下来
火红的冷兵器淬着
白烟。那是我出逃的魂魄

此时，街道陷入深睡
城市比人群更荒芜
——那些向来保持安静的流浪者
毫无兵荒马乱。他们的冷暖
远在这词句以外

谷 雨

和晨光交涉，总是体无完肤
与生俱来的邪恶被谷雨后形成的清潭
反复洗涤。此时，我赤裸着
就像铜器泛着铜绿，

高速公路边的野田狂欢已熄
灰烬的余温，升腾着
凝成谦卑的絮状物纷扬悬浮。

我突围着时间的可能性
或者被可能性的时间突围，
一株可能枯萎的绿萝需要返乡
默诵大悲咒，为她往生。

越是尖刺破开的石碑，内心越浑圆
越是濒临死亡消弭的黯淡烛照
越是流露焚毁神殿的肆虐暴戾，

我把车窗摇下，看见不远处云层
莫名悲切，它们试图在彼此体内结晶。

五月，流水将尽

阴晴反复无常，一路将风景

驱赶

人群习惯在风景里排遣遗忘

满山隐忍的蓬累

满山春暖花开的乱石岗

满山无人烟的汹涌

碎石路上

时间翻滚着泥浆逐闹，

鹰，互相独立于不同时空

喑哑里沉默如洪涛

虚无诞出世界

世界或原罪。五月赐我以花海

和从未与暗夜交媾的一头母鹿

你目光驰奔，云层遁退

季节翻越季节，死翻越生

这空空的潭水，重重的浓翠

比漩涡还深的穿越

比沉沦更加销魂的背负

经过无名山头

似波德莱尔执笔疾书

流水将尽，你不曾来过

出离于动和静

母亲静坐在矮凳上
怀抱的孩子扭动、翻转、腾挪
好似王的气度
正打破某种平衡

云在高处聚集开合
而落日坠地
更远处已无隐约暗流

我看看云，也望向母亲
她脸上的暮色
盖过了窗口的残霞
它正窃喜于消亡的盛宴

而我不是。三叉的径流
迂回向窗口涌来，阿龙讲这叫"回笼水"
如同有来由的路人
一时，忘却了去处

它们都在细微处，电石的背面
车辙与尾气的罅隙里
或许城市森林的骨骼间

奔走。来不及歇停
哪怕几近干涸

孩子还在那里扭动、翻转、腾挪
他用尽人间力道
他忘乎所以
——另一种全新的平衡回闪而过

小 寒

雨夜。一个朋友嘱我写春夜喜雨
墨在纸上肆意奔突，江山迭起
可寒冷时时侵袭这个人间

时间不但作茧自缚，也常趁虚而入
刚才还高朋满座
稍不留神，却已鸢飞戾天

从彩虹南路直插宝善路深巷
十来个红绿灯不断闪烁其词
走走停停，阅尽春色

锦官城外，有人驾长车而不知其踪
有人围坐江枫渔火，几世未眠
雨从前朝滴下来，经年不绝。风尘中淡淡墨痕
——淡淡苦难

夜雨偶得

同一片街区里
总是会嵌有很多小风景
例如奉化江以东
叫百丈路
而以西就称药行街

车流深陷城市荒芜
城市深陷这异度空间

雨夜,从蓝天路拐出来
直奔柳汀立交桥
——每一颗雨滴都胶着不清
它们自知使命未尽。一切望不到头
却终将在这个仓皇人间流离失所

春华路、联丰路、柳汀街
并不盘根错节。相反,它们的精神气质
一脉相承。可总被各自宿命敲击着
弯弯折折的奔流,永不知疲倦
汇集成冬季凌厉的箴言

它们也许字字锥心,我却始终不明白
哪一句可以自始至终。亦恰如其分

四明湖雨季

不知道你带泪的笑脸，
会沉入哪个星球深空。
　　　——题记

我已看不出你满是清泪的脸
野鸥成群，已远离风暴
最后的芦苇，从面前闪过
它们将自己牢牢围困

隔了一个冬季
湖面早不见冰凌汹涌
而雨水倾泻，在词语深处迅疾荡漾
此刻，我们都败下阵来
所有精湛的羽毛、瑰丽的情绪
都人去楼空

我迷失在古旧春烟内部
水的苍白并非显得简单而空乏
相反，它有种天生异样的气息
以此区别于混沌之物
那些流连于林间沼泽江海中
——无所依附的失望

四明湖畔。水色入侵
每颗雨珠同我侧身而过
犹如刀片正在经历的一切

惊 蛰

仲春始。好不容易雨水迟缓了几分
浑黄的泥、稀疏的风对此一无所知
和这同时深陷沉沦的
还有你眼中一片片广袤的雨林

中午经过国医馆，温润中寂无声息
那些经络中暗藏的江山
已到处八面玲珑。想象每一包草药
都意图唤醒某种困守与逶迤

天又沉郁起来。雨还是雨
穿林打叶之后，万物淬火重生
整日低头苦苦劳作的风、马、牛
四散飞扬。不相及，就不相及

看窗台外树叶透亮，甚至毫无秘密
好似它们已得了悟性：轻轻一晃一晃
分明有万千惊雷挂在心的虚弥处
——可从来也没人迷失过

印 人

右手执刀，迟钝着朝金石破开
夜色中所有事物如凝脂般细腻
唯有从中年开始，白文急转朱红
生活中抛开的空竟无处安放

寒风彷徨，一次盖过一次
把手中堆砌的蔺粉吹得无影踪
就这么失散，不记得，过去曾坚如盘石
没有谦卑和局促——
彼此皆为唯一的急就章

即便遇上砂钉，亦旁若无人
绵柔中藏着金针的脊柱
眼神与印纹迭合，仿佛洞穿
不过是瞬息中的闪念

父亲用会了微信，而我刚开始刀趋平正
朱白之间莫若父子。执刀的那一刻
回闪过当年，他为我治印、说印
刻下深浅若隐的石线，时断时续，却从未死去

虚境素描

看麦子时我睡在地里，
月亮照我如照一口井。
　　——海子

居高临下，窗子外只有苦楝树
密不透风。一棵比一棵神秘
他们在叶子深处居住
不像那些聒噪的鸟声
不知安逸，整天在尘埃里迷失

所有人都会经过你
经过远古时代的铜
那闪耀着血色和诗性的铜
此刻，默不作声
但并不代表它们低于你
低于月色占有的深沉

我已写下太多谎言以外的诚意
去面对每座低丘、每条箴言
俯下身子。要么等你某天醒来
十六年潮来毫无退意，领受的荒凉
终归会没入另一片荒凉
　　——不过是虚境蛰伏于另一场虚境

清 明

淫雨霏霏
水声异常松散
我们趁着夜色
匆匆踏进散落人间的草籽

有些话还未出口就纷纷枯落
发出钟磬之声
我携无用之词
朝觐。若干年后
也苦苦奔走在暮春的荒野

晚 樱

一大早，整座小区就陷入沉沦
出门便和女儿迷失于急促的花丛
阳光浮荡，不系之舟急欲冲破春深的词语

那些错叠丛生的纱裙，翻滚、燃烧
从天而降。遮蔽不了四处涌动的姊妹弟兄
只关乎救赎以及此外的妄想

——江山竟能如此浩荡空阔
而你的小脸那么明丽无邪

我想替已凋亡弥散的
玉兰向你问好。致以深深地鞠躬，拈花一笑
或站在树下，打理石缝间的晦涩

云中之箭密集射来
这具山野间摇曳的躯壳，战栗着死亡
充盈着无数刀斧和白练般的相忘

每次路过，即便没有凝视
没有城市及村庄、没有一个词占有另一个词
也隐现林中路，也有莺燕环绕

趁美好当下，我们吟诵彼此。每个花朵都深含悔意
暗自打磨盛典或衰亡。刹那独处，满目遍植芳华

廿 九

重要的不是治愈，而是带着病痛活下去。
　　——加缪

太阳躲进破絮的云朵里
就像人们躲进大厦的玻璃碎片里
光线跌下来，世界和真相分明承受不住

于是，河水缓慢了一些
它怀抱另一种节奏
淤泥中，水草顾自缠绕
但并不滞留和甘于沉溺

柳汀立交桥胸腔起伏，拐进蓝天路
嘈杂与虚妄始得幽微。店门紧闭
——像这类处于紧闭状态的
还有很多人群互相倾轧时的神色

一枚苹果闪烁着。由光鲜到干瘪
内生词语发生了某种倒置
我们怏怏地活，反复自我校对。其实
也不过从一个世界渡往另一个世界

每次飞驰电驴跟门卫老大伯打招呼
皱纹里斧刻笑意：我确信那里鸿沟万丈
可又着实成了启程时，抗拒无边深寒的温良解药

夜 潮

韦应物刚刚被合上
一半是空山松子，另一半
是我前朝的睡眠

兼毫笔架着龙形镇纸
它丝毫不为淋漓而心生忧怨
相反，商卜、钟鼎都剑气郁勃
一不小心
就写掉整个汉唐

女儿还在春衫中生长
空谷足音。慢慢剥开橘子皮
它们的褶皱里深埋着父母气息
以及更广阔的宽慰与无聊

墨色开始翻卷起来
把白吞噬，高潮迭生
又将黑一点点囤积、侵占

偌大的房间像是深陷于花蕊密闭
——鲫鱼乌亮的背脊，连绵不尽
正从我眼底深处倔强升起

空中花园

晚间的一切已遥远生疏，
劳动和宁静的时刻，
像人世那样美好和粗陋。
　　——古米廖夫

晨雾照常升起
从昨夜就已在密谋
并吞这片庸庸人世
夹杂的还有些，惊觉、疑虑的
灵魂和鸟羽

我确信自己已不在那里
我甚至还恍惚记得起
一些支离破碎的梦境和刀柄
连同腰酸，背痛，哑然

——在那丛杂芜中
全然有火焰
有深处流水的澎湃
以及无法遏制，狂热的盛宴

致母亲

人到中年，像枚孤舟在漩涡里
拼命打转——昼夜逃离焰心

那些所有背负的身外之物
果实，以及屋后一大片阔叶丛林
也一点点年老色衰

想起你花白的头发和那枚干瘪的子宫
如此洁净，清晰
我便涌出余烬和星光

但此刻也并非冷寂
——当我们并排缓行
原先的肉身暗自坍塌撞击

你全部的容光已在昼夜集结
无限落英缤纷
朝着一个方向加速消退

好似陷入某种神祇的仪式
庄重而不露半点破绽
我唯有紧紧跟随：

领着妻子儿女，徒步人间
在这样空旷无助的季节里
比你脸上茂盛的词语更先一步
明媚起来

你看我的时候
天台上，无数蔷薇正渐次怒放
摇曳。火势低矮，绵绵不绝

往宝善路方向

早上送完女儿回老地方
必须经过无数密集的路口
像是看到另外一棵棵不知名的植株
游离、纷杂
种种关于异乡的别名
犹如古体字那样困扰已久
——里面街巷密布，人事纷杂

市井前面总有新楼高耸
它能使所有结痂的秘密
退隐到自己筑就的阴影里
繁华毕竟如此苍凉
生意人收拾着，准备返乡
某个深夜，那枚井底之蛙在使劲跃出
被月光占领的废墟

它们低矮的自述如此疏离
我来回往返于这条道上
像是一遍遍在梳理某种宿命

黎巴嫩男孩

一个人有两个我，
一个在黑暗里醒着，一个在光明中睡着。
我是烈火，我也是枯枝，一部分的我消耗了另一部分的我。
　　　　——纪伯伦

叙利亚男孩
土耳其男孩
黎巴嫩男孩
宇宙深处永远有一个男孩
在世界废墟中惊恐度日

爸爸一样的男人死了
妈妈一样的女人死了
于是他蜷缩在自己的身体里
很少愤怒。已无刀耕火种
只剩风雨飘摇

每天都流落街头
每天困守于暗无天日
每天都被驱逐怀疑唆使
每天在无数白刃林立的灌木里
赤脚奔跑

终有一天，突然
内心惊惶的钟摆停滞了
风暴比任何时候都来得荒诞些
显然，这并非他们真想要的

——只是阿萨德不知道。野狗群冒出来
席卷一切：连同泪与笑
瞬间聚集的巨石阵磊起又崩塌

那曾密不透风的妹妹
千疮百孔。在她坠入暮年的瞳孔里
布满烧灼游荡的滚滚野火

你是我未落的雪

小寒，我抬头看天色，忽明忽暗
想到纸上江南。已乱石嶙峋——
街上行色匆匆的，不光是你裸露的胴体

白日里焰火寂寥，他们暗中作祟
他们把最后一颗倔强的蛀牙灼烧

你有痛，从不示人
我有你，从不示人

年久失修的路基上，我们手挽手着前行
这片天地山川，一无所惧
雪在众人头顶上欢腾。欲语泪先流

墨以外

房门自然洞开
如同鱼尾掀开百褶裙翻越的山峦
除了吞噬的词语、虚情和碎梦
肋骨荡然。已空无一人

你有南风不减
而星象愈来愈陷于隐秘
没有一队鸦群不在返家途中失散
让哀鸣总置，彼此高悬

从不大声诵读的女儿
忽而玉盘琳琅：好似初夏夜已浑然天成
古文字里摘取繁花
也痛击波浪、电闪和龟甲
眉宇间蛰伏的那柄剑
被渐次拔出

四十年来，妄图暗中去破译这世界
如同被箴言决断——
生活的豁口里静待云起，或者惊涛拍岸

野地立春

一睁眼，朋友圈里都是立春的帖子
这个季节能准确告示的，不是父母
不是老天爷，更不是身体里蠕动的一根根虫子
它们游离于四维、五维，甚至更多维度的异乡

今晨，宁波飘雪
雪片与雪片，几乎没有联络
朋友也几乎忙得如此

在窗边出神
所有雕塑都不具备哲学规律
很多时间里，内心残碑横亘
不知道这元凶究竟是谁？

关于酒，爱，或者青春的来由
也已不那么质地纯粹
黄金时代列车驶过，分明已近尾声

我试图开口哀嚎这臃肿的春天
连同一枚 20cm 细长的高脚酒杯
盈盈在握。时间破茧，自能心领神会
而你我都开始杂沓返乡

假如有人问起故事梗概
你只消介绍几处早已埋下的伏笔
所有孩子都怀揣玉帛

今夜，有人上路
有人泪垂
今夜，豺狼虎豹销声匿迹
我们不谈野地雪，只饮杯中酒